LE COMTE DE PARIS

ET LES

QUESTIONS OUVRIÈRES

PARIS

LIBRAIRIE NATIONALE

104, Avenue Victor-Hugo, 104.

—

1888

LE COMTE DE PARIS

ET

LES QUESTIONS OUVRIÈRES

« Je serai le Roi de tous, » a écrit, l'an dernier, le Comte de Paris. Ajoutons, pour expliquer sa pensée, qu'il sera surtout le roi des petits et des pauvres, le roi des paysans et des ouvriers. Les paysans commencent à le savoir ; les ouvriers l'ignorent encore, et il est bon de le leur prouver.

Les questions ouvrières ont été, de tout temps, étudiées avec une sorte de passion par le Comte de Paris. Bien avant qu'il pût songer à la couronne, au temps de l'Empire et du vivant du Comte de Chambord, il publiait, sur la situation des ouvriers anglais, deux livres empreints de la plus vive sympathie pour les populations ouvrières. Il y indiquait comment il entendait la solution des problèmes qui les intéressent, comment il jugeait possible l'amélioration de leur sort.

Voici quelques extraits de ces livres :

Devoir de remédier aux souffrances des ouvriers.

« Si, d'une part, il faut repousser les funestes théories de ceux qui prétendent demander à l'État un remède universel pour toutes les souffrances sociales et ne tendent qu'à établir, sous ce prétexte, le plus intolérable des despotismes, c'est, d'autre part, un devoir pour tous ceux qui combattent ces dangereux sophismes, au nom de la liberté et de la civilisation, de rechercher par quels moyens légaux l'amélioration morale et matérielle de ceux de leurs concitoyens qui sont voués, par leur naissance ou par quelque autre hasard de la destinée, au travail manuel, peut être obtenue. »

« ... Un remède unique à toutes les souffrances de la classe ouvrière serait la pierre philosophale. L'égalisation absolue du travail comme sa suppression sont la quadrature du cercle de l'économie politique. Mais, s'il n'y a pas un remède, il y a nombre de remèdes, plus ou moins efficaces ; s'il n'y a pas de solution absolue, il y a nombre de solutions partielles... »

« ...Quelque auguste que soit la charité, elle ne saurait, avec ses secours et ses aumônes, servir de base aux relations réciproques des citoyens d'un pays civilisé, lesquelles ne peuvent être fondées que sur l'estime mutuelle et la solidarité d'intérêts. Ce sont ces sentiments qui, nous l'espérons, prévaudront de plus en plus dans les rapports entre les propriétaires et patrons et leurs ouvriers... »

Taux des salaires.

« ...C'est un axiome que *rien n'est plus cher que la main-d'œuvre à bon marché,* axiome qui s'applique d'une façon éclatante au travail servile, travail soi-disant gratuit, et en réalité le plus dispendieux de tous... »

« ...Tout prouve que la tenue, la bonne conduite et la modération des ouvriers sont, en rapport direct avec la rétribution qu'ils obtiennent pour leur travail... »

Protection contre les excès de travail.

« ...Il est des questions, telles que la protection des faibles contre l'excès du travail, qui, dans toute société bien organisée, doivent appeler l'attention constante du pouvoir législatif... »

« ...Il y aurait malheureusement bien à dire sur cet emploi immodéré des femmes et des enfants, système funeste à l'instruction, à la moralité, à l'esprit de famille... »

Nécessité de développer
l'instruction parmi les ouvriers.

« ...Le développement de l'instruction dans les classes ouvrières doit être considéré comme le plus grand progrès qu'elles puissent faire, car il ouvre la voie à tous les autres, et, sans l'instruction, le bien-être matériel n'est souvent pour leurs membres qu'un dangereux présent... »

Utilité des conseils d'arbitrage
entre patrons et ouvriers.

« ... La fréquence même des grèves a fait essayer souvent le système de l'arbitrage, et, lorsqu'il a été pratiqué avec discernement, il a donné les plus heureux résultats... »

« ...L'arbitrage n'est pas une solution radicale, comme la participation industrielle, des questions qui s'agitent au fond des luttes entre patrons et ouvriers; mais il les empêche de s'envenimer, il prépare le

terrain pour les solutions diverses que l'ex-
périence et la raison peuvent faire adopter,
et la loi, qui lui a donné l'autorité dont il
avait besoin, a été un grand service rendu
à l'Angleterre... »

« ...Lorsque maîtres et ouvriers se
trouvent assis, sans ordre, sans distinction,
autour d'une même table, pour discuter
leurs intérêts respectifs, dans une industrie
qui les fait vivre les uns et les autres, ils ne
tardent pas à s'apercevoir que ces intérêts
sont solidaires. Plus d'une fois, les ouvriers
ont renoncé à une augmentation de salaire
qu'ils croyaient légitime, lorsque les maîtres
leur ont prouvé, les chiffres à la main, que,
pressés par la concurrence étrangère, ils ne
pouvaient la leur accorder sans perdre les
débouchés de leurs produits. Les maîtres,
pour les mieux convaincre, ont même
envoyé quelques-uns de leurs collègues
ouvriers visiter la France et l'Allemagne.
D'autre part, ils ont aussi appris, en dis-
cutant avec les ouvriers, à mieux apprécier

les saines conditions du travail ; ainsi, sur les représentations de ceux-ci, ils se sont décidés à ne jamais leur demander plus de dix heures d'ouvrage par jour, même dans les moments de la plus grande activité. L'harmonie s'est établie entre eux d'une manière si complète que, depuis quatre ans, aucune résolution du conseil n'a eu besoin d'être mise aux voix.... De la sorte, maîtres et ouvriers, réunis par des intérêts communs, forment, en fait, une seule association, éclairée par les discussions du conseil et gouvernée par ses décisions... »

Associations coopératives.

« ....Tandis que bien des institutions diverses, en encourageant l'épargne, améliorent la situation de l'ouvrier, la société coopérative, dite de production, le transforme directement en capitaliste, par la part qu'elle lui assure dans les bénéfices de l'entreprise à laquelle il apporte le service de ses bras. Les malheurs arrivés à quelques-unes de ces associations ont jeté sur le système tout entier une défaveur qui nous semble imméritée.... »

L'artisan et l'agriculteur français.

« ... L'agriculture est, bien plus encore chez nous que de l'autre côté du détroit, la première des industries nationales. Les différences créées entre l'artisan et le laboureur par les conditions diverses de leur vie ne les empêchent pas d'être solidaires l'un de l'autre. Si l'un a plus d'occasions de s'instruire, plus de facilités pour s'associer, si le séjour au milieu des grandes villes éveille plus aisément dans son âme aussi bien les passions généreuses que les entraînements irréfléchis, s'il peut ainsi offrir à l'autre de nobles leçons à suivre, en même temps qu'il lui montre, par son exemple, les dangers à éviter, parfois aussi il peut, en revanche, demander d'utiles enseignements à l'homme qui, depuis tant de générations, féconde par son travail journalier notre vieux sol gaulois. Ils se complètent réciproquement. C'est leur ensemble qui fait, en très grande partie, le peuple français, ce peuple laborieux et industrieux, également apte aux mâles travaux des champs et aux inventions raffinées de la science moderne : son caractère national s'est formé de ces deux éléments. Ardent à embrasser toutes les nobles causes, et cependant toujours fier, souvent même exclusif, dans son patriotisme ; retrouvant, pour défendre son honneur, toute son énergie, même après les plus amères déceptions et les plus grands découragements ; prêt à tous les sacrifices, lorsque, au lieu d'être dirigé à l'aveugle et traité comme un dangereux instrument, il se sent le libre champion des idées libérales : il trouve, dans ses aptitudes si diverses, les ressources nécessaires pour aborder avec confiance et s'efforcer de vider les graves questions que nous venons d'indiquer, pour chercher la solution pratique de quelques-uns des problèmes les plus importants que l'avenir nous réserve... »

Les questions sociales
et le suffrage universel.

C'est malheureusement aux époques de grandes crises politiques que les questions sociales ont toujours été soulevées chez nous, au moment le moins propice pour les résoudre, lorsque les esprits sont troublés, les passions enflammées, et la prospérité matérielle fortement ébranlée. Mais de pareilles questions touchent de trop près aux sources mêmes de la grandeur nationale pour pouvoir être longtemps privées de la lumière que répand sur elles la liberté politique ; et cela surtout dans un pays dont les institutions ont pour base le suffrage universel, ce juge souverain qui peut toujours réformer ses propres arrêts. En France, où il est l'organe reconnu de la volonté populaire, où personne n'a le droit de récuser son autorité, mais où toutes les causes dignes de prévaloir dans les conseils de la nation , où tous les griefs légitimes comptent en appeler de ses jugements passés à ses jugements futurs, de pareilles questions ne peuvent manquer de l'émouvoir profondément, et le jour doit venir où il fera usage de sa puissance pour en chercher la solution. La liberté et la publicité, ces garanties tutélaires de la justice, dont, comme tout autre tribunal, il ne saurait se passer, peuvent seules effacer les traces des terribles malentendus qui ont éveillé chez les uns tant d'alarmes, chez les autres tant de vaines illusions, qui ont fait couler tant de sang et laissé dans les cœurs ces funestes conséquences de la guerre civile, les pusillanimes défaillances et les haines concentrées. Elles seules sauraient prévenir, si jamais on pouvait le craindre, le retour de pareils malheurs. »

Quel commentaire ajouter à de telles paroles où respirent également l'amour de

la France et du peuple, le respect de la
volonté populaire, la haute intelligence des
besoins et des aspirations de notre temps ?
Nos gouvernants, si prodigues de basses
flatteries pour le peuple, mais si incapables
d'aucune réforme qui lui profite et si prompts
à doubler ses charges, ont jugé qu'il n'y
avait pas place en France pour eux et
l'auteur de pareilles lignes : ils l'ont exilé.
Que le peuple juge à son tour et voie où
sont ses vrais amis ?

Paris. — Soc. d'imp. Paul Dupont (Cl.) 00.2.88.

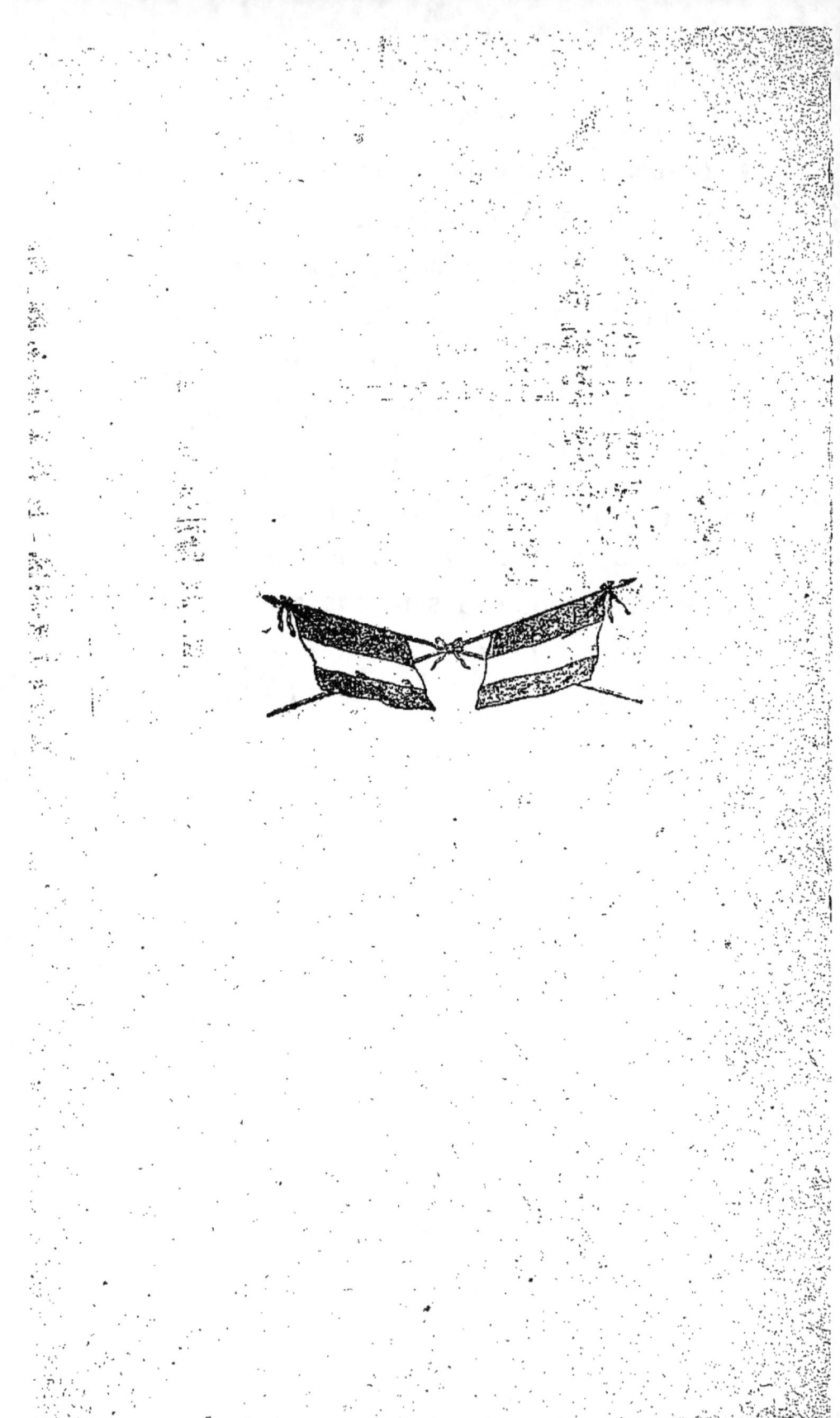